文芸社セレクション

歪められた偽りの戦史を糺す
終戦３日後の占守島の戦闘

野上 義

NOGAMI Tadashi

文芸社

目　次

はじめに

終戦3日後8月18日に戦闘があった占守島というのは千島（クリル）列島の最北端に位置する佐渡島（新潟）の半分ほどの小島である。千島列島は北海道東部の根室海峡から北東へ、カムチャッカ半島の南端ロパトカ岬まで、およそ1200kmにわたって30の大きな島と20以上の小島、無数の岩礁が連なっている。現在日ソ両国間で問題となっている北方領土（国後（くなしり）択捉（えとろふ）色丹（しこたん）歯舞（はぼまい）四島）を含む。カムチャッカ半島南端ロパトカ岬と占守島の間を占守海峡（約10km）が隔てている。千島列島によりソ連領が面するオホーツク海と太平洋が隔てられている（地図1参照）。この千島列島の地政学的な位置が戦略的に重要な意味を持っている。即ち1945年当時ソ連艦船は太平洋進出を制限され、オホーツク海に閉じ込められていた。この戦略的理由からスターリン・ソ連による北海道上陸占領作戦の野望が生まれることになる。太平洋戦争中、日本軍は米軍の北からの侵攻を阻止する目的で占守島とその隣の幌筵（パラムシル）島に強固な守備隊、第91歩兵師団（2個旅団と戦車連隊1個連隊、約2万3000人）を配備してアッツ島（今次大戦において日本

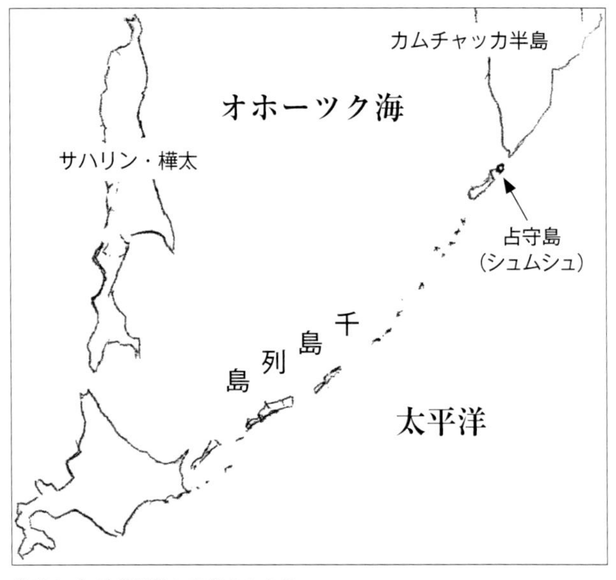

【地図１】千島列島と東端の占守島

軍守備隊が初めて全滅、玉砕したことで有名)、キスカ島と共に北の守り、防備としていた。しかしアメリカ軍は南方からの侵攻に主力を展開したので北の防備、占守島守備隊はなすところなく終戦を迎えることになった。終戦時敗戦が濃厚になると本土決戦が叫ばれ日本軍は北海道等に主力航空機、艦艇を配転した。占守島には練習機３機が残されるのみとなった。制空権、制海権はソ連軍が掌握、日本軍はなすすべもなく追いつめられていった。千島列島には160以上の火山がある。活火山も多く、海岸は切り立った断崖・絶壁である。島と島の間の海峡が速い潮流となる、或いは海底は火山性岩礁のため船舶の航行、停泊・進入には困難を極めた。さらに全身びっしょり濡れて、1メートル先の視界も失わせる深い濃霧がほぼ年中のように発生した。このため日照不足となり、強風と相まって占守島は低灌木の這い松等で覆われていた。これは暖流と寒流の合流海域であることによる。しかしそれによってこの海域が世界有数の好漁場となっている。戦前日本の水産加工場が大きな漁獲高を上げてサケ缶を輸出していた。兵士は急峻な小河川を遡るサケ、マスを手づかみで捕獲できた。山野には高山植物が咲き乱れこけもも等食べられる木の実が自生していた。中でもガン香蘭の実は紫色に熟れると甘味に優れ豊富にあった。山菜等にも恵まれていたので兵士の食糧事情は比較的恵まれていたと言えよう。南方の島々のように飢餓、餓死に苦しめられた悲惨さはなかった。占守島の地形はソ連軍の侵攻上陸を断崖が遮（さえぎ）り一部の砂浜に限られる。島の東側竹田浜からソ連軍が上陸侵攻することは日本軍には容易に想定された。事実8月18日のソ連軍の侵攻は竹田浜からであった（地図2参照）。日本軍は砲撃射程、照準をあらかじめ設定して演習を繰り返していた。8月18日ソ連軍の侵攻も、船舶から海中に降り立って上陸を始めた敵兵に対して日本軍は集中して砲撃を加えることが出来た。従って戦闘は当初日本軍が圧倒的、有利に展開した。

I　メディア、NHKが伝える歪められた偽りの戦史、終戦の3日後、8月18日の「占守島の戦闘」が自衛戦争という虚報の戦史

NHKは2015年11月22日（日）「終戦後の占守島の激戦、池上彰の教科書に載っていない20世紀…戦後ニッポンを救った知られざる人々」という現地ルポ特集番組を放映した。その内容は「太平洋戦争が終戦した3日後の8月18日未明、日本領だった千島列島北東端・占守島にソ連軍が攻め込んで激戦になった。当時日本とソ連は中立条約を締結していたがソ連は千島列島、樺太、さらには北海道の北部（釧路と留萌を結ぶ線（地図3参照））を日本から奪い取ろうと不法侵攻を仕掛けた。この時ソ連軍の侵攻を食い止め、ソ連に北海道を占領されないで済んだのが占守島に残っていた日本軍将兵の戦闘だった。」さらにジャーナリスト池上彰は、インタビューの中で「（もしも占守島の日本軍守備隊の活躍・戦闘がなければ）北海道北部に『日本民主主義人民共和国』が出来て、戦後の歴史は多かれ少なかれ変わっていた可能性が高い。」とまで語っている。『終戦の3日後8月18日の占守島の戦いが北海道を救った、自衛戦争』という歪められた偽りの見解に基づいてこの番組は制作

されていた。番組プロデューサーは「終戦を待ちこがれていた故郷に帰る夢を置き、再び武器を手に取った日本軍将兵の姿は…今後とも語り継がれるべきであろう。」と述べている。

番組の中で取り上げている、「日ソ中立条約」というのは1941年4月締結したものであったが、その効力、内容は脆弱なものであった。日ソ双方の戦略的利益にかなう限りにおいて遵守されるが、その必要がなければ直ちに破棄される運命にあった。日本は太平洋戦争を遂行するためにソ連の中立を必要とした。ソ連もナチス・ドイツとの戦争に全力を挙げて立ち向かうためには日本の中立が必要であった。ソ連は日本の同盟国であるドイツと戦争をしていた。このような状況のもとでは日ソ中立条約は意味を失い、この条約を延長することは不可能となった。日本の対戦国アメリカはソ連とレンド・リース協定を結びソ連の商船を利用して（ソ連旗を掲げて）或いは空輸により戦争物資の輸送を行ってソ連・中国を支援した。それは驚くほどの膨大な品目と数量に上っていた。約670万トンの各種物資、戦車、航空機、トラック、各種兵器、燃料、食糧等であった。コールドハーバー（アラスカ）ではソ連軍約15,000人の水兵が訓練を受けた後、艦艇が引き渡された。掃海艇77隻、警備艇88隻、上陸用船艇30隻、大型駆逐艦78隻等であった。ソ連が独ソ戦を勝ち抜いた、あるいは対日戦の強力な戦力・軍事力のまさに原動力となっていた。日本の大本営は米ソのこの緊密な関係を知悉できないまま、アメリカとの和平・終戦の斡旋をソ連に期待して1945年夏敗戦の8月になってもまだ画策していた。この実に拙劣な文字通り間抜けな外交戦略を続けた結果、終戦の決定を引き延ばして外交を遅滞させた。敗戦間近のヒロシマ・ナガサキへの原爆投下、全国各都市の（大）空襲等被害増大に拍車をかけて国民を塗炭の苦しみに陥れた。国政の指導者層、軍部大本営の取り返しのつかない重大な責任の数々である。しかも彼らはその責任を負わないばかりか、戦後たちまち政財界の中枢に復帰し君臨するという無責任な所業であった。『敗戦3日後の占守島の戦いが北海道を守った自衛戦争』という見解を基にNHKの2015年の特集番組は制作されていた。しかし「北海道を救った自衛戦争」という見解を否定する決定的な歴史的事実、根拠が調べていくうちに次第に判明した。偽りの戦史であった。

私は長い間疑問を抱き続けていた。終戦の3日後、8月18日占守島の戦闘が何故起こったのか。日本はポッダム宣言を受諾して降伏した。そして大本営が全部隊に対して停戦命令を出していたにもかかわらず、何故終戦3日後に戦闘になったのか。私が考えたことは占守島が日本・東京から、はるかに遠い小さな離島であった故に電波が届なかった。そのため8月15日の終戦の報を知らずに戦闘になったのであろうか。長い間そのように考えて父の戦死を哀しくあきらめに似た思いで心の内に自身を納得させていた。それは充分あり得ることのように思えた。なんとも切ないことであった。あきらめようにも、あきらめきれない思いを抱き続けていた。そんなある日知人が思いがけなく遺族会の慰霊祭に参加して記念誌を求めたのを私に見せて下さった。(旧厚生省の何とも不当な判断で、養子となった私は遺族という扱いをされなくなった。従って慰霊祭のことも知らなかった。後に知ることになったが遺族年金すら受けることもなく過ごしていたのであった。(旧)厚生省の小役人の思いつきで養子になった者を遺族という扱いから除外した時期があったのである。後に修正、回復したが。

さてその慰霊祭の記念誌の中に、忘れもしない次のような文章があった。多分部隊長或いは司令官と思われる人物が書いたと思われる。「今次大戦において我が日本軍はノモンハン、ソ満国境、そうして3度敗れんか。ここで(北シベリア、占守島を指すと思われる)一矢報いむ……」おおよそそのような内容であった。「ノモンハン」「ソ満国境」「一矢報いる」このフレーズが私の脳裏から消えることなく、折に触れて思い出されるのであった。そうして私は退職して時間ができた。長い間抱き続けていた疑問に向き合うことになった。「何故、終戦3日後に占守島の戦闘があり、そして父の戦死はどのような状況の下であったのか」当時の事情を知る文献、資料を尋ね始めた。孤独な作業であった。遺族会主催の慰霊祭において護国神社の神主の祝詞の前にただただ頭を垂れて畏（かしこ）まるだけでは追究する真実にはほど遠いものであった。「御国のために尊い犠牲になられた御霊に云々…」慰霊祭で遺族として取材を受けた私は記者に納得できない胸中を漏らした。「今次大戦において日本軍はノモンハン、ソ満国境において負け戦が…ここで一矢報いる…」当時私がこの文章に持っている不可解な思いを抱き続けていること。そしてその意味することが何であるかをこれから追求しようとしていること。何か判明したらお知らせ致します。と告げて名刺を確か三社位からいただいた。私の探求がここから始まった。幸い後述するⅠ-1「占守島手記」、「千島占領　1945年夏」等良書に出会うことが出来た。永年抱いてきた疑問「遠く離れた小島、離島故に電波等の事情で8月15日の終戦が伝わらなかったのではないか。」という疑問を解消してくれたのがⅠ-1「占守島手記」著者、赤間武史である（生還した元占守島守備隊兵、新聞記者であった。確かな内容・記述で参考資料として貴重）。そこには8月15日の玉音放送を占守島の各部隊においてラジオの前に整列して聞かされたと記されている。通信・電波は確かであった。8月15日の敗戦を突然知らされた現地の兵士の思いがつづられている。「玉音放送によりポッダム宣言を受諾して無条件降伏、大本営は即時戦闘行動停止を全軍に発令した。こうして軍国主義一色に変貌していた大日本帝国、神国ニッポン、そうして神兵全てに破滅の運命が訪れた。…私はこの日程緊張の緩んだ、心の安らぎに体の浮き上がったような平和感を覚えたことはなかった。兵士の多くは戦わずにすんだ、死なずに生きてもうすぐ帰れるだろう。懐かしい肉親知人に会える等、日本が敗けたことに対する不満や瞋（いか）り、動揺はなく…これでいいのだと安堵しながらホットした気持…とにかくこれで良かったのだとその夜は深い平和な眠りに入った…」兵士の緊張の緩んだ、心の安らぎに体の浮き上がったような平和感。とは何と痛々しい、切ない心地であろうか。それがたちまち頽（くずお）れてしまう悲劇、惨劇に24時間直面させられているのが戦争であり戦場である。そして、その陰には待ち焦がれていた妻、子供、恋人、父母、兄弟姉妹、遺族がいた。その全ての愛、喜び、平安、平和、夢、希望そして何よりもその生命を奪ったのが日本が降伏、敗戦後に「自衛戦争に移行せよ」という独断の無謀、無益な司令官の命令ではなかったか。そういう疑念が調べを進めていくうちに強くなっていった。戦死公報を受け取って夫を喪ったことを知った若い妻が「悲しみと瞋（いか）りに身を震わせた」と遺族会の会誌に綴っている。敗戦3日後の戦死という不条理、口惜しい限りであったと察するに余りある。

その心の痛手から立ち直るのにはどれほどの深い悲しみとあきらめの孤独な苦渋の長い日々、人生を要したことであったことか。私の母はその哀しみに打ちひしがれて病に倒れ父の後を追って亡くなった。そして70余年を経てもなお、今もって人生に翻弄された私自身の苦渋、悲嘆は尽きることはありません。NHKのこの番組と同じく『敗戦3日後の占守島の戦いが北海道を救った自衛戦争、お国のために尊い犠牲になった』という見解の著書が殆どである。1-2「北海道を守った占守島の戦い」上原卓著　祥伝社。その内容の大半は激戦、日本軍の敗勢が差し迫ってきた8月18日、日本軍停戦交渉申し入れの軍使として派遣された長島厚大尉への戦後インタビューである。この長島大尉が行った戦後講演会における自己紹介の言葉が残っている。それが次に挙げる著書Ｉ-3　大野　芳著「8月17日、ソ連軍上陸す」新潮文庫に紹介されている。「北海道を救った自衛戦争」という歪められた偽りの戦史の内容である。この著書のp338巻末エピローグに、停戦申し入れの軍使長島厚大尉の自己紹介の言葉は次のとおりである。『私は二等兵から大尉になるまで陸軍に所属し…勝ち戦は経験ありません。ただあるのは北千島（即ち占守島）の敗け戦と満州での訓練だけです…』『占守島の戦闘は敗け戦であった』と講演会の度に長島氏は述べていたのである。「これ以上戦闘が長引けば犠牲が増加するばかりである」という敗勢の戦況下、現地参謀本部の判断の下に長島大尉は停戦申し入れの軍使として派遣された。この証言は実に貴重である。

占守島の戦況は大よそ次の通りであった。

8月18日、敗戦3日後の午前2時、(歪められた戦史にはこのようにあるが事実はソ連軍侵攻、日本軍砲撃で迎え撃つのが17日深夜23時過ぎであった。このことについてはⅣ歪められた戦史の項で詳述する。)この北千島海域特有の視界がゼロに近い濃霧を突いてソ連軍艦船が上陸地点の占守島東部、竹田浜沖に到着、両軍砲撃開始。4時ソ連軍全艦船到着、7時ソ連軍上陸開始、9時ソ連軍主力部隊の上陸。戦闘激化。日本軍の犠牲・損害急増。13時長島大尉停戦交渉申し入れの軍使に下命、14時軍使長島一行が出発した。このことから推定すると18日午前10時頃、日本軍現地参謀本部は「これ以上戦闘が長引けば犠牲者の増大がますますひどくなる。敗勢如何ともしがたく停戦の申し入れをすべし」という、検討・判断がなされたと考えられる。9時頃のソ連軍主力部隊上陸から激戦、日本軍の犠牲者急増と一致する。軍使長島大尉の「私が経験したのは勝ち戦ではなく、北千島(占守島)の敗け戦でした。」という講演会における自己紹介の発言は事実を正しく伝えている。動かしがたい生き証人である。敗け戦であった「占守島の戦い」が『スターリン・ソ連軍の北海道上陸占領作戦の野望を打ち砕いた、断念させて北海道を救った。自衛戦争である』というこれまでのおおかたの戦史・見解には疑念を抱かざるを得ない。その不審、疑念に応えてくれたのが長島厚大尉の自己紹介の言葉であった。世に戦争の惨劇、事実・真実を歪め、戦争責任、あるいはソ連に敗れた事実をあいまいにする回顧録や戦史が多い。NHKのこの特集番組とジャーナリスト池上彰がその風潮、歪められた偽りの戦史に結果として加担していると考える。この2015年11月22日の特集番組、歪められた戦史を放映した責任、影響は大きいと思う。

私は「占守島の戦闘」の事実を調べていくとき、ソ連側の記録、文献資料も併せて参考にしたいと考えていた。ロシア語はおろか英語もおぼつかなく困っている時、北海道文学館（札幌市）で日米露三か国に同時翻訳、刊行されたＩ-4、ボリス・スラウィンスキー著「千島占領　1945年夏」共同通信社を紹介された。ソ連の優れた歴史学者であった著者が海軍中央公文書館に数か月籠って「秘」「極秘」の印を捺したソ連軍司令部の原資料即ち暗号電報、命令、報告等を読破してまとめ上げた力作である。彼は科学的、客観的研究、著書を残している。ソ連政府の施策、政策、戦争作戦に対して忌憚のない指摘、批判をしている。例えばソ連による千島列島占領について、次のように述べている。『1875年（日露間、樺太千島交換条約）から1941～45年の太平洋戦争、そしてその終結に至るまで千島列島は日本の管轄下に置かれていた。1945年8月から9月にかけて、千島列島はソ連軍によって占領された。その後1946年2月に、千島列島はスターリン政権の一方的な決定によってソ連に編入される。これは乱暴な国際法違反であった。国際法は交戦国間の国境線画定問題は平和条約を基礎にしてしか解決し得ないと規定しているからである。』さらに『この問題が両国間で現在行われている平和条約準備交渉に直接関係していることは言うまでもない。日本が主張している「北方領土問題」と呼んでいる国後（くなしり）島、択捉（えとろふ）島、色丹（しこたん）島、歯舞（はぼまい）諸島に関しては多くの見解の相違が見られる。』尚、彼は続けて『ソ連は国際世論で有利な立場を得ようとして、公式には千島列島の占領が1945年9月1日に全面的に完了したと言う見解を取っている。だが実際に、記録文書が明らかに示すところによれば、ソ連軍による南千島（歯舞諸島、色丹島）の占領が完了したのは1945年9月5日であった。9月2日、東京湾に停泊した米戦艦（ミズーリ号）上で日本が降伏文書に調印した後である。』とまで述べている。政府や権力に微塵も忖度や、慮（おもんばか）ること等ない率直、明快な政府批判、真のジャーナリストである。

敗戦3日後の8月18日「占守島の戦闘」について語ろうとする者は、この1-4ボリス・スラヴインスキー「千島列島占領　1945年夏」は必読の資料であると思う。NHKプロデューサー堀氏、ジャーナリスト池上彰氏はこの重要な資料に当たる労を取らなかったのであろうか。ボリス・スラヴィンスキーは別の著書「日ソ戦争への道　ノモンハンから千島占領まで」の『結び』でこの敗戦後の「占守島の戦闘」について『ロシアと日本の歴史家はこのあまり知られていないテーマに再三立ち戻るであろう。というのも戦争が既に終わり日本の無条件降伏の公式文書への調印（9月2日ミズーリ号）迄わずかだった時に（約2週間）双方にこれほど大きな人的物的損害を出す軍事的、戦略的必要性があったのか、という疑問が残るからである。』と述べている。私達は「占守島の戦闘」を歴史的、科学的に追求することが今まで不十分であった。その結果偽りの戦史、見解「占守島の戦闘が北海道を守った自衛戦争」が今日まで大手を振って流布されてきたことを看過できない。

Ⅱ-1　トルーマンの返書、スターリンの北海道上陸作戦を拒絶

背景に第二次大戦終戦時の米ソ対立、冷戦時代へ国際情勢が大きく影響していた。アメリカは、原子爆弾に代表される力によりソ連の対日参戦を限定するようにと傾いていった。

トルーマンの拒絶の返書がスターリンの北海道上陸占領という野望を打ち砕いた決定的要因である。そのように断定して良いと思う。

8月17日のトルーマンの拒絶の返書というのは次のようなものであった。

「日本のすべての本土、すなわち北海道、本州、四国、九州における日本軍はマッカーサー将軍に降伏させることが私の意図であり、すでにそのための措置がとられている。(従ってソ連軍が北海道上陸占領しようとする軍事行動の企図・要求は認められない)」と表明されていた。

このように8月18日の占守島の戦闘以前に、戦闘とは全く関連がない処で、既に米ソ両国の間でソ連軍が北海道上陸占領する、という作戦・軍事行動は認められない、と決定され米ソ間で解決済みであった。トルーマンが拒

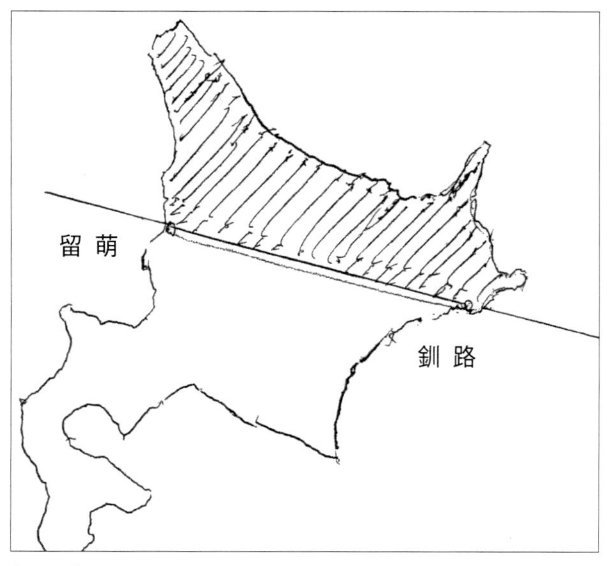

【地図2】スターリン、ソ連が上陸、占有を企図した、留萌—釧路を結ぶ線（道北）

絶した結果スターリンは北海道上陸作戦を断念せざるをえず数日を置かず作戦中止命令を出した。米ソ両国の軍事資料として存在する。

その経過を詳しく見てみると次の通りである。これは厳然たる歴史的事実である。8月15日トルーマンは占領軍『一般命令第1号』をスターリンに送った。翌16日スターリンは早速次の二つの修正を提案した。「第一、ヤルタ協定によるすべてのクリル（千島）諸島の引き渡し。第二、ソ連軍が釧路と留萌を結ぶ線を境界として北海道の北側を占領すること。」（地図2参照）ソ連にとりサハリン（樺太）と北海道北部間の宗谷海峡を自国の支配下におくことは太平洋へ進出する戦略上計り知れない重要な軍事的価値がある。ソ連軍の北海道上陸作戦、軍事行動遂行中に送られてきたトルーマンの拒絶の返書はクレムリンにショックを与えた。20日スターリンは極東軍に「北海道上陸占領作戦」中止の命令を下した。そして22日に「このような拒絶の回答は予期していなかった。」と不満・遺憾の意をトルーマンに伝えている。スターリン・ソ連の野望の強さ、大きさにもかかわらず再びこの北海道上陸占領軍事作戦の要求は出されることはなく潰え去った。トルーマンによる拒絶の返書が果たした、歴史的意義は大きく決定的であった。従って歪められた偽りの戦史即ち『終戦3日後8月18日の占守島の戦闘が北海道を守った、或いは救った自衛戦争である』というNHKの特集番組を初めメディア、幾多の著書の見解がはっきりと否定されることになる。

さらに次のソ連軍事資料も「占守島の戦闘が北海道を救った自衛戦争」が偽りの戦史であることを裏付けるものである。

Ⅱ-2　ソ連軍の軍事電報（占守島の戦闘後の北海道上陸作戦関連）

『8月18日の占守島の戦闘が終わった後、8月20日にソ連軍参謀総長は極東軍総司令官に次の命令を出している。「北海道と南クリル（千島）作戦の準備をすること。第87狙撃兵団をサハリンの南端に集中させ北海道或いは南クリル作戦への準備をさせること」（アントーノフからワシレフスキーNO14653 「暗闘」長谷川毅著　中公文庫（下巻）P211）この軍事命令はソ連軍の北海道上陸作戦、軍事行動が、18日の「占守島の戦闘」終了後も継続されていたことを示している。太平洋艦隊、第9空軍及び太平洋艦隊航空部隊の空軍基地移転を樺太（サハリン）南部へ移転を伴う参加準備、第1極東方面軍等の作戦参加が進められていた。20日スターリンの中止命令が出されるまで「北海道上陸占領作戦」は続いていたのである。そして見逃してならない重要なことはその作戦の軍事拠点、兵站地はサハリン（樺太）の南端であった。1000km以上離れた占守島は何ら関係がなかったことである。

Ⅱ-1、Ⅱ-2で述べたように8月17日のトルーマンの拒絶の返書を受け取った後、8月20日スターリンは「北海道上陸占領作戦」の中止を決定した。

それでは終戦3日後8月18日「占守島の戦闘」はなんであったのか、という疑問が残る。そこで取り上げるのが次のⅢ『北海道を守った自衛戦争』とは正反対の見解である。

Ⅲ「占守島の戦闘は無益な犬死だった」元占守島守備隊第73旅団長杉野巌少将

「終戦3日後、8月18日『占守島の戦闘』は北海道を守った自衛戦争ではなかった、その犠牲者は無益な犬死にだった」という驚くべき正反対の見解を一度ならず年月を置いて重ねて述べているのは元現地司令官、占守島守備隊の一角を担っていた第73旅団長杉野巌少将であった（防衛省の資料に記録が現存）。

「占守島の戦闘」の翌19日、占守島の守備隊において停戦交渉の内容をめぐって第91師団長堤不夾貴中将が不服を唱えた。「この停戦協定は破棄せよ」と命令した。「停戦即武器の引き渡しはしない」（兵器は天皇陛下のものである。我々が兵器引き渡しを決定できることではない）という堤中将の固執が招いたことであった。（協定が破棄されたら。今度こそ玉砕を覚悟の戦いだ。兵士は上官からくり返し説得されるように言われていた、「軍が支給した以外の物、即ち私物である手紙や写真などを全て処分せよ」「おまえ達には一番大切なことはよく知っている。終戦命令が出たとは言え敵が上陸攻撃して来たら、あくまで自衛で死守しなければならないと師団司令部の方針が決まったのだ。玉砕も覚悟しなければならない。軍人として恥ずかしい思いを後生に残したくない。」夕暮れの中、家族の写真、手紙を焼く煙がそこかしこから、のどかな夕餉の煙のように立ち上っていた。兵士にとって命とも考えて胸に抱き、折に触れそっと人知れず見つめて愛しんでいた家族の写真、手紙はお守り以上の大切な存在であった。その炎を無言で見つめていた木村、野上の頬にも光る涙の跡が見えた。この行（くだり）に出会って私は愕然とした。父野上富士夫がまざまざと姿を現した感を覚えたのであった。戦死の公報はずいぶん遅れて8月を過ぎて北海道の田舎町に届いた。父の消息についてなんの音沙汰もなく過ぎていったその日々を母はどのような思いで過ごしていたことだろうか。近所では帰還して喜びにあふれた人々を見ていた。まだ幼少であった私は、戦死の公報がどれ程重大な現実であったか認識できず、白布の骨箱を前にしても記憶になにも残っていなかった。中に父の骨は何もなかった。後年私は京都、建仁寺の墓に幾たび参ったことであろう。父が出征する時に自ら墓を設計して当時財力があった長兄に建ててもらったのだった。当時の若者は自らの墓を考案して戦場へ出征したのか、なんと切ないことか。今では考えられないことである。私にとって父は写真帳の中にあり、墓の中にあった。大学の卒業式を終え、私は京都を訪れて墓前に額（ひざま）ずいた、偶々同行してくれた伯母が席を外して、墓前に独りになった時私は思

料金受取人払郵便

新宿局承認

7552

差出有効期間
2024年1月
31日まで
（切手不要）

郵便はがき

160-8791

141

東京都新宿区新宿1－10－1

(株)文芸社

愛読者カード係 行

ふりがな お名前		明治　大正 昭和　平成　　年生　　歳
ふりがな ご住所	□□□-□□□□	性別 男・女
お電話 番　号	（書籍ご注文の際に必要です）	ご職業
E-mail		

ご購読雑誌（複数可）	ご購読新聞 新聞

最近読んでおもしろかった本や今後、とりあげてほしいテーマをお教えください。

ご自分の研究成果や経験、お考え等を出版してみたいというお気持ちはありますか。

ある　　ない　　内容・テーマ（　　　　　　　　　　　　　）

現在完成した作品をお持ちですか。

ある　　ない　　ジャンル・原稿量（　　　　　　　　　　　　　）

書　名				
お買上 書　店	都道 府県	市区 郡	書店名	書店
			ご購入日	年　月　日

本書をどこでお知りになりましたか?

1.書店店頭　2.知人にすすめられて　3.インターネット(サイト名　　　)

4.DMハガキ　5.広告、記事を見て(新聞、雑誌名　　　)

上の質問に関連して、ご購入の決め手となったのは?

1.タイトル　2.著者　3.内容　4.カバーデザイン　5.帯

その他ご自由にお書きください。

(　　　)

本書についてのご意見、ご感想をお聞かせください。

①内容について

②カバー、タイトル、帯について

弊社Webサイトからもご意見、ご感想をお寄せいただけます。

ご協力ありがとうございました。

※お寄せいただいたご意見、ご感想は新聞広告等で匿名にて使わせていただくことがあります。

※お客様の個人情報は、小社からの連絡のみに使用します。社外に提供することは一切ありません。

■書籍のご注文は、お近くの書店または、ブックサービス(0120-29-9625)、セブンネットショッピング(http://7net.omni7.jp/)にお申し込み下さい。

わず号泣していた。泣き声、涙が止まらなかった。「なぜもっと長生きして、この姿（決して誇れる人間ではなかったが）を見てくれなかったのか。」父母は共に38歳で亡くなった。その墓は寺院に見られる石塔を模した私には可愛く品のいい形、墓石は外国産の淡いピンク色である。手を合わせ父母に呼びかける時父と母を意識した。私にとってなにかおぼろな、実態のない父母、そのようにしか存在しない父母であった。父の手に抱かれたぬくもりのような思いは私にはなかった。写真の顔が脳裏にあるというだけが私の父親像である。その私の眼前に占守島の強風吹きすさぶ荒野の戦場にあった父が、玉砕を明日にして家族の写真、手紙を焼く炎を前に、頬を涙にぬらしていた野上富士夫、という記述に今まで実感したことがなかった悲しい感慨を覚えた。ここに上梓しようとする「占守島の戦闘」の冊子は父への追悼として捧げる思いで制作している。悔しい思いではありますが。
『赤紙一枚で集めた兵隊だ。全員死んだところで本官は痛くもかゆくもない。師団長の名誉のためだ…』停戦申し入れが聞き届けられて双方が一応の砲撃停止まで実現したのだが、司令官堤中将は「破棄せよ」と命じて聞かない。

　その時停戦交渉にあたった杉野巌少将が『天皇陛下の終戦の詔書が出ているのに、これ以上無益な戦闘をなお続けて兵士の犠牲を増大させることはないと思います。』と諫めたが師団長堤中将は聴かない。(敗戦三日後の千島列島最北端の小島の戦闘が一体何になるというのか。無駄な、無益な戦いではないか。それを一応の停戦にこぎ着けたものを、尚戦う必要がどこにあるのか。この上まだ戦うこと等ない。と進言をした杉野少将は勇気ある主張をした。）さらに帰還後、年月を経て、戦後防衛省の作戦調査報告書の中で杉野巌少将は再びこの「敗戦3日後8月18日の占守島の戦いが無益な戦争、犬死であった。避け得る戦闘であった。」という見解に言及している。即ち「司令官は兵士に犬死を強要することがあってはならない」と厳しく糾弾しているのであった。この旅団長杉野巌少将の見解は重大な意義を持つものである。従来NHKの特集番組、その他多数の著書が「敗戦3日後の占守島の戦いが祖国のため、北海道を救った自衛戦争」という見解を取っている。この歪められた偽りの戦史に真っ向から異を唱え、まったく正反対の見解を示したのが杉野巌少将であった。戦後の防衛庁の高官も杉野少将の「占守島の戦い」が『無益な戦闘の犠牲、犬死だった』という見解を覆すことには及び腰である。きっぱり否定していない、出来ないのである。例えばⅢ-1「1945年夏　最後の日ソ戦争」中山隆志（元防衛省陸将補）著の中に「犬死と言うのは戦史を一面的に見ていることになろう」であるとか、先に挙げたⅠ-2「8月17日、ソ連軍上陸す」大野芳著は「無駄死にで片付けられたのでは他国の歴史を評論するような……いかがなものであろう」等と、まともに向き合おうとしていない。一種はぐらかすような否定にならない逃げの言葉でこの戦闘について躱（かわ）している。元現地指揮官であった杉野少将の「無益な戦闘の犠牲、犬死であった」という見解には軽々に否定できない、忽（ゆるが）せにできない真実の重みがある。寧（むし）ろ「敗戦3日後8月18日占守島の戦いが北海道を救った自衛戦争」という歪められた、偽りの戦史の論拠がきっぱり否定されているのである。

以上を3点に整理して偽りの戦史を明らかにする。

【1】前章Ⅱの通り、トルーマンが8月17日、スターリンに送った拒絶の返書により18日占守島の戦闘が起こる前に米ソ両国間で「スターリン・ソ連軍が北海道上陸占領する作戦、軍事行動の要求は認めない」と米ソ両首脳との間で決定されていた。

【2】Ⅱ-2ソ連軍の資料　20日付の北海道上陸占領作戦に関する命令電報の存在は、18日占守島の戦闘終了後もソ連軍が北海道上陸占領作戦・軍事行動を継続していたことを示す。またその作戦の軍事拠点、部隊の集結地は樺太（サハリン）南部であって1000km離れた北千島・占守島は何ら関与していなかった。

【3】8月18日占守島で戦闘の最中、停戦交渉申し入れ

軍使として派遣された長島厚大尉が戦後講演会で『占守島の戦いが勝ち戦ではなく敗戦であった』と何度も自己紹介の中で述べている。日本軍の停戦交渉申し入れ、それは日本軍が敗戦であった決定的証左である。負け戦であった占守島の戦闘が「スターリン・ソ連の北海道上陸作戦・軍事行動を断念させた。終戦3日後の8月18日「占守島の戦闘」は北海道を救った自衛戦争であった」等ということはあり得ない。誰が考えてもこれは戦史を歪めている、偽りの戦史である。

ではどうして、どこからこのような「敗戦3日後8月18日「占守島の戦闘」が北海道をソ連の上陸占領から守った自衛戦争」という歪められた、偽りの戦史が出てきたのか。広く流布するようになったのか。それを考えるとき次の著書によって理解できる。

先に取り上げたⅢ-1「1945年夏　最後の日ソ戦争」著中山隆志に「敗戦3日後8月18日占守島の戦闘によって、スターリン・ソ連が北海道上陸占領作戦を断念した」ことに関して次のように記述している。「(独裁者スターリンの心理を未だ研究するに至らないが) ①その判断に及ぼした日本軍の戦闘、占守島軍事作戦の影響が大きく、②その間の経緯からソ連による北海道分割を未然に防ぐことに貢献したことは間違いない。」というものである。①スターリンが北海道上陸作戦を断念するに至った判断に激戦となった北（千島）クリル・占守島攻略作戦・軍事行動による遅延が影響して『北海道分割』が未然に防がれた。日本軍の戦闘がそのことに貢献した、とあるが既に日本軍は負け戦であったことは何度も書いた通りである。重大な事実があったと匂わせている。しかし著者中山が事実として挙げていることは何もない。根拠を示さない空論であり、その推定を「間違いない」と強弁し、断定しているに過ぎない。ソ連軍が2日程の戦闘によって、それも日本軍の負け戦によって重大な北海道上陸作戦、軍事行動が断念されたという事態はありえない。著者中山隆志は元防衛省戦史教官であった。防衛省防衛研究所戦史資料室の「戦史叢書」に基づいて執筆されたと彼の著書Ⅲ-1「1945年夏、最後の日ソ戦争」は紹介されている。防衛省戦史教官であった著者中山隆志が防衛省防衛研究所戦史資料室の「戦史叢書」に基づいた著書である、というだけで半ば公式の戦史と見なされてきたと思われる。彼の著書の厳密な検証がなされることなく、不確かな誤った見解が流布し、それが多数引用されてきた。その結果歪められた、偽りの戦史、「北海道をスターリンの上陸作戦からまもった自衛戦争」が広く流布された。

その同書に杉野少将の『敗戦3日後8月18日占守島の無益な戦闘による犠牲、その将兵の死は犬死だった』という見解に触れて中山は次のように記している。「歴史を一面的にしか見ていないと言える」と浅薄な説得性のない一言だけである。決して全面的な否定にはなっていない。防衛省の資料にある杉野少将の見解を無視できなかったのであろう。他のⅠ-2「8月17日、ソ連軍上陸す
　最果ての要衝占守島攻防記」大野　芳著　新潮文庫にも『犬死と断定するのは他国の戦争を言うが如く遺憾である。』とあいまいな記述に終わっている。しかしいずれもきっぱり根拠を挙げて杉野少将の見解を否定していない。

　終戦3日後、8月18日「占守島の戦闘」は日本軍将兵約1000余名を犠牲にした無益・無惨な犬死であった、という事実が厳然としてある。(1000名という記録数字も正確ではない。停戦直後、日本軍が戦場整理（遺体の氏名確認）をしようとしたがソ連兵が押し止めて日本側の調査を中断、捕虜収容が強制されてしまった、と記録にある。「お前たちは日本へ帰るのだから早く調査など切り上げよ。」真に愚かな、冷酷な太平洋戦争の真実が私たちの眼前に明らかになったのである。私たち国民から覆い隠す『歪められた「占守島の戦闘」が北海道を救った、尊い犠牲になった自衛戦争』という偽りの戦史、虚偽の美談で飾り立てて今日に至った。私はこれを放置し、許しておくことはできない、という思いを強くする。記念館を建て、銅像を建てようとする。愚かな司令官の関係者が昨年も講演をしていると聞き及んでいる。それをメデイア・新聞が写真入りで報じているのはメデイア

はその使命を果たしていない。このようなことを決して見過ごしには出来ない。

Ⅳ　終戦3日後、8月18日占守島の戦闘

8月17日戦闘の前日、占守島守備隊第91師団の会同（会議）が行われた。8月15日の玉音放送を受けて「今後の方針・行動について」であった。その会同の確認は『ソ連軍を撃つな』であった。この確認が破られたという複数の前線将兵・部隊記録等が防衛省の記録として現存する。即ち17日の会同後の深夜、突如この「撃つな」の会同の確認に反して「上陸するソ連軍を撃て」に変更した迎撃命令が出されて、日本軍は上陸するソ連軍を待ち構えていた。即ち戦闘準備完了であった、という内容の記述で一致する複数の前線将兵・部隊記録がある。その記述の信憑性は充分あると考えられる。前述の歪められた偽りの戦史においては「突如ソ連軍が夜襲、奇襲を仕掛けてきた、」とある。防衛省防衛研究所所蔵の（公式）「戦史叢書」もまた事実とは全く違う内容である。そのことは日本の戦史・資料が科学的・歴史的検証に耐え得るものではない、という重大な問題を提示している。その前戦将兵・部隊記録を次に詳しく見ていきたい。

8月17日、戦闘の前日、占守島守備隊第91師団の合同（軍隊用語で会議のこと）が招集された。その会同における確認は次の4点であった。

（1）18日16時をもって停戦する。（2）ただし、やむを得ない場合の自衛の戦闘は認められること。（3）軍使が来た場合は師団に連絡のこと。（4）ソ連軍が上陸の場合、戦いは行わないこと。以上であった。

Ⅳ-1しかし8月17日会同が行われた、まさにその17日の夜半、上陸地点である竹田浜守備隊の加賀谷睦男第1砲兵隊長、同じく村上独立歩兵第282大隊長の下に、突然会同の確認と正反対の「ソ連軍が上陸したら迎え撃て」という師団からの命令が来た。加賀谷隊長、「私としては命令が変わった理由、何のために迎え撃つのか判らなかったが、ともかく部下・部隊に対して電話下命した。敵の上陸に際し水際に之を撃滅すべし」「千島地上作戦聴取資料。十分冊の三（防衛省防衛研究所所蔵）」またⅣ-2速應武男少尉の部隊記録（前記Ⅳ-1加賀谷第1砲兵部隊の小隊）「命令　北撃地区隊は上陸し来る敵を撃滅せんとする。（20, 8, 17、2336）」17日23時36分と日時がはっきりと大書されていた。また自身の戦闘経過所見にも「電話にて、敵の銃砲声ありとの報告を受け、地区隊に連絡を取るや、戦闘命令を受く。」とある。「速應武男、国端崎戦闘経過所見、昭和25速應小隊山本分隊戦闘史」さらにⅣ-3、師団付き副官沢田八衛大尉「戦闘戦備下令せられ至厳なる警戒の裡にD（師団）攻撃命令に基づき…」として師団司令部から戦闘命令・攻撃命令が出された、としている。Ⅳ-4石塚伊助（速應少尉の部下）による回想「…師団より戦闘戦備の命令が下った。敵竹田浜に上陸せんと進んで来たり。その時には我等砲兵は戦闘戦備完了す。…占守島ではすでに迎撃命令が出され、ソ連軍の上陸を待ち構えていたことは明らか…」と記されている。これらのⅣ-1～Ⅳ-4は「ソ連軍が上陸したら撃て」という師団命令が出された、と記録している。会同の確認（ソ連軍を撃つな）とは全く異なる命令を受けたという内容で一致している。ところが防衛省防衛研究所の公式「戦史叢書」は次のように違う内容である。Ⅳ-5「17日の夜。ソ連のカムチャッカ半島ロパトカ岬からの砲撃が夕刻まで続いた。日本軍は夜半になって対敵戦備（万一の場合の指針と警戒の強化）につくよう命令した。攻撃命令は出されていなかった。戦闘戦備下令（全員いつでも戦闘可能な態勢に）は8月18日2時10分であった…」となっている。前記Ⅳ-1～Ⅳ-4複数の前線将兵・部隊記録等にある「ソ連軍の上陸を待ち構えて戦闘戦備・攻撃態勢であった」という事実を完全に否定している。戦闘戦備下令（命令）の時刻17日23時（Ⅳ-1～4、各部隊記録等）についても18日2時に改変している。即ちソ連軍が突如侵攻・上陸後に初めて日本軍は攻撃態勢を取った、ということに事実を、戦史を歪めているのである。会同の確認を深夜に急遽変更したことについても一切触れていない、「事実」を隠した内容、歪曲した記録になっている。なぜ防衛省

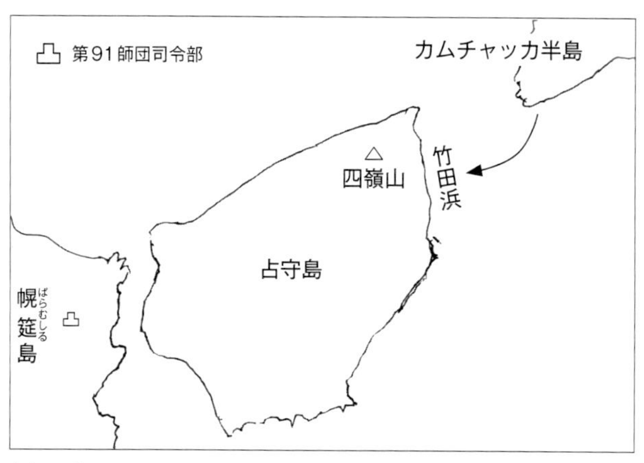

【地図3】上陸地点：竹田浜、激戦地：四嶺山

所蔵の公式「戦史叢書」は事実を記録せず、複数の前線将兵・部隊記録等と異なる、歪曲した内容になっているのであろうか。このことについて吉田裕（歴史学者）は次のように指摘している。「防衛省戦史編纂に関わったのは旧幕僚将校でした。…全体として旧軍の行動に対する弁明や顕彰に関心が向いていた。さらに旧軍の上下関係が持ち越されて元上官・上司の批判をしにくかった。かくして…例えば最前線の兵士たちが無惨な死を強いられていた事実。それは戦闘だけでなく餓死が異常に多かったこと、戦病死、自殺、「処置」という名による戦傷病兵の殺害等の衝撃的な実態があったのである。しか

し公式の「戦史叢書」を読んでもこうした【日本軍兵士の多数が日本軍の手によって命を奪われた】酷（むご）い実態は伝わらない。」この惨状は他の記録例えばⅣ-6「中国戦線従軍記」藤原彰著　大月書店にも記述がある。「軍人の戦没者230万人。その過半数が戦死・戦闘死ではなく戦病死、（戦病死とあるが実態は）その大部分が戦争栄養失調症即ち餓死である。物資・食料の補給途絶、補給を無視した作戦優先、精神主義。現地調達の名の下に地域住民からの略奪、それに伴う暴行。兵士の人権を無視した多数の無駄な死だった。」と記している。「戦史叢書」は真実、事実を伝えていないと言うのである。敗戦3日後の「占守島の戦闘」がどのようにして歪められた戦史になったのか。それは18日戦闘直前の状況について、師団長の回想等を尊重して作成され、事実を記録した複数の前線将兵・部隊記録等が採用されていないことによる。その結果事実と異なる正確ではない防衛省「戦史叢書」が作成されてしまったのである。「占守島の戦闘」の歪められた戦史が形成される過程を次の資料Ⅴ-2樋口季一郎「戦史室宛の返書・書簡」を見ると、さらに驚くべき実態が明らかになる。

ほのか

V-1　無責任、愚かな司令官が終戦3日後に命令「上陸するソ連軍を撃て」

樋口稀一郎元司令官の「防衛省戦史室宛返書・書簡」から探る。

樋口季一郎（第5方面軍）には次の著書があるV-1「アッツ・キスカ軍司令官の回想録」樋口季一郎（昭和45年死去）芙蓉社昭和46年刊行。内容は第一部軍人生活の前奏曲から始まって、以下シベリアの謀略戦、朝鮮、ポーランド、満州、…第8部アッツ・キスカ。428ページの大部である。しかし千島（占守島）樺太については記載がない。最後の第5方面軍司令官として、記述する義務と責任があったにも拘わらず黙して語っていない。この回想録は樋口季一郎が死去した後に出版された。この回想録の編者は樋口が老衰のため筆が止まったと補足説明している。納得しがたい。ただ巻末P404の貴重な資料によって、敗戦3日後の「占守島の戦闘」を誰が命令したか、という重大な事実を知ることが出来た。その意味ではこれは実に得難い資料である。今次大戦の大日本帝国の内実、歪められた終戦3日後の占守島の戦闘を知れば知るほど愚かさ、不条理、実に嘆かわしいと思うのである。誰がこの責任を取るのか。到底取れるものではないのだが。

V-2　樋口季一郎の「戦史室宛返書・書簡」

戦後防衛庁が山崎裕至元第5方面軍参謀を編集主任として戦史を編纂した。昭和39年頃、樋口は山崎の求めにメモの如きごく短いものであるがV-2「戦史室宛の返書・書簡」を送った。それを見ると彼が命令した「占守島の戦闘」作戦を知ることが出来たのである。それは次のような軍国主義の亡霊が立ち現れたような奇怪至極の驚くべき内容のものである。

V-2樋口季一郎の「戦史室宛返書・書簡」

「北千島・占守島において①樋口の『自衛戦闘に移行せよ』の命令の下に日本軍の組織的戦闘として最後の対ソ戦闘が8月18日未明より行われた。第91師団を主力とする日本軍は②上陸攻撃してきたソ連軍2万の兵力を水際に撃滅して日本軍最後の勝利を得た。…③日本軍が既に大詔の下に降伏の意思を持っていたにもかかわらず、不意に攻撃をかけてきた。堤師団長の指揮する日本軍は④帝国陸軍の面子にかけて自衛戦闘を見事にやって完勝したものであった。しかし⑤『自衛戦闘は8月18日午後4時には終了せよ。』との樋口の英断により、この大勝利を得る可能性のあった戦闘は終了したのであった。」

この樋口の返書・書簡なるものはこれが本当に元第5

方面軍司令官という強大な権限を有した人物の手になったものかと目を疑うような内容である。到底取り上げるに足るようなものではないが、大本営以下戦争を率いた帝国陸軍が（海軍も同様である）誠に愚かな、無責任極まる実態・組織であったことを知る、ある意味では貴重な資料である。文中＃①樋口の『自衛戦闘に移行せよ』の命令により、敗戦3日後8月18日「占守島の戦闘」が勃発した。この樋口季一郎の命令によって一切の悲惨な、無惨、無謀、無益な戦闘が起ったというのである。その戦闘の犠牲者は犬死であった、とさえ糾弾されていた。樋口が元凶であった。その結果1000余名の犠牲を生むことになった。勝利、完勝、大勝利を得る可能性のあった戦闘、という言葉を樋口は繰り返しているが事実はまったくその逆で惨憺たる明らかな敗戦であった。現地参謀本部が「これ以上戦闘が長引けば犠牲者の増大がますますひどくなる」と判断して停戦交渉申し入れ軍使を派遣しなければならなかった、という一事を見ても分かる。どこから見ても敗戦は明らかであった戦闘を「大勝利を得る可能性のあった戦闘」と称して自己の手柄と誇示しようとする、厚顔に驚きあきれる。＃②上陸したソ連軍の兵力数も2万人ではなく当初は約8千人と推定される。2千人という資料もある。カムチャッカ半島守備隊の兵力による侵攻という点から考えても、また上陸地点の竹田浜は2万人の兵を載せた艦船が来襲できるほど広くはない、狭隘であった。援軍を待たずスターリンはとにかく千島作戦、占守島侵攻作戦を急いでいた。ヤルタ協定で確約された千島列島占領が実現しない前に日本軍が降伏することを怖れたからであった。急遽、カムチャッカ半島守備隊だけで占守島上陸作戦を強行させた。準備の余裕もなく上陸作戦を練ることも、半島守備隊に上陸攻撃訓練もなく強行した。敵前上陸の危険、難しさは特に苛烈そのものである。ソ連軍は上陸当初、待ち構えていた日本軍の集中砲火を浴びた。（Ⅳ　歪められた戦史に詳述）また日本軍戦車部隊の攻撃にソ連軍は後退を余儀なくされた。『日本軍がソ連軍を水際に撃退し、勝利した』とするいくつかの著書はこのことを指して「勝利」と記述しているのである。しかしそれはソ連軍の一時的な後退に過ぎなかった。間もなくヨーロッパ戦線からの屈強な精鋭部隊と新鋭の装備で増援されたソ連軍がたちまち戦況を圧倒していった。一方日本軍は孤立無援。戦車部隊は緒戦でほぼ全滅してしまった。現地参謀本部は札幌の司令部にこの戦況を打電したがウンもスンもなかった、と通信兵は語っている。「これ以上戦闘が長引けば犠牲が大きくなる」と現地参謀本部は判断して停戦申し入れ軍使長島厚大尉を派遣した。決して完勝ではなかった。このようにこの樋口の「戦史室宛返書・書簡」の記述・内容は悉（ことごと）く事実と異なっている。それはあきれるほど曲解、事実を捻じ曲げて自己保身、自己顕示欲をあからさまに示したものであった。このような卑小な人物を中将、司令官として命令に絶対服従を強いられた部下、そして日本国民は悲惨な末路をよぎなくされたのであった。また軍使に立った長島大尉が後日『私は勝ち戦を経験しなかった。占守島の敗け戦だけでした。』と述べている通り勝利とはほど遠い敗戦であった。（Ⅰ-2参照）#③「日本軍が既に大詔の下、降伏の意思を持っていたにもかかわらず」という記述も事実を大きく歪めている。自衛を逸脱して『上陸するソ連軍を待ち構えて砲撃をする態勢であった』とある複数の将兵・部隊記録等にあった事実と全く違っている。（Ⅳ-4詳述）樋口・堤が「降伏・停戦の意思を示していたら敗戦3日後の占守島の戦闘、無残にも1000余名の犠牲、犬死はなかったであろう、という事態も十分あり得たのであった。事実ソ連軍は「この好機に乗じてと降伏した日本軍の反撃・戦闘がないことを期待していた」という記述がソ連軍の記録にある。#④「帝国陸軍の面子にかけて自衛戦闘を命令した」なんと帝国陸軍の「面子」を理由に敗戦3日後の戦闘を命令した、とある。独り善がりの無益な戦闘の犠牲になった将兵の死・犬死をもたらした樋口自身の重大な責任をなんとも思わない放埒さ、この不遜な言動が許されるのであろうか。日本は戦後、戦争責任を追及することがなかったためにこのような大きな禍根、汚点を残すことになった。#⑤戦闘の終了時刻を「18日16時と決定した」のが樋口の英断であった、と記述しているがこれも全く事実に反する。8月17日師団の会同の決定、確認においても4点の確認事項の（1）18日16時をもって停戦する、とあったことは、前述Ⅳ歪められた戦史に記述した通りです。そしてここで樋口自身が自分の判断を「英断」と言うに及んでは、只々驚きあきれるばかりである。この樋口の「防衛省戦史室宛返書・書簡」の内容が大部分全く事実に反していることばかりであることと併せて考えると、何か異常性をすら感じるのである。元部下であった第5方面軍参謀山崎裕至宛に送ったものとして内部資料の扱いになることを期待して書かれたとしても、狂気とも思われる太平洋戦争の実態がこの一元司令官樋口季一郎にも如実に表れていると思うのである。まことに戦争は嘘をつく、人間を狂気にする。否狂気の人間が戦争を遂行するというべきである。

Ⅴ-3　二人の司令官、樋口季一郎と堤不夾貴

終戦3日後8月18日占守島の戦闘は回避できた
樋口の無益、無謀な攻撃命令の戦闘で継戦派に
「さすが樋口」と言われたい自己顕示欲

1937年日中戦争より始まった太平洋戦争によって陸軍140万人、海軍45万人、民間人100万人、さらに全国が焦土と化し何百万戸の家屋が失われた。原爆投下、ソ連参戦により大日本帝国は終わりを迎えようとしていた。しかし連合国のポツダム宣言が提示されてもなお本土決戦をもくろむ陸軍、大本営の若手中堅将校、あるいは「ポツダム宣言受諾するやもしれず」の電報に激高した幾人かの司令官が国体の護持、徹底抗戦を画策していた。実際に政府高官を殺害し、武装蹶起し皇居を占拠した。失敗に終わったが8月15日の天皇の玉音放送を阻止せんと前日録音したレコードがあわや彼らに奪取される寸前まで緊迫した事態に直面していた。彼らの国体護持とは天皇を現人神として一君万民の統合を遂げることが、即ち正しい国体護持である。それは国民的信仰といっていいものである。皇室の皇室たるゆえんは民族精神と共に生きる点にある。彼らはポツダム宣言を受諾して形式的にでも皇室が残ればいいとする政府の降伏主義に反対した。

このような徹底抗戦派の司令官達の中にあって、無条件降伏、大本営が戦闘停止を全軍に発令した後の8月18日、大日本帝国の面子にかけて「上陸するソ連軍を撃て」と独断で命令した樋口司令官の愚かな、無益な所業がメディアによって「北海道をソ連の占領から守った自衛戦争」と偽りの戦史として伝えられ、また一方でさすが樋口中将と喧伝されてきた。占守島の戦闘によって1000余名の生命が奪われた。（ミッドウエー海戦の犠牲者が3000名であったことを考えると敗戦後の占守島の戦闘が「犬死」であったと言明した元占守島守備隊第73旅団長杉野巌少将の指摘を重く受け止める私たち遺族の無念な思いである。）

堤は樋口への忖度（そんたく）から、終戦後の樋口の「自衛戦争に移行して上陸するソ連軍を攻撃せよ」の命令に屈し、占守島守備隊に「上陸するソ連軍を撃て」と命令を発した。

堤中将は1944年即ち終戦の前年、樋口の推挙によって占守島守備隊司令官に任命された。占守島守備隊を構成する旅団長からの抜擢であった。終戦間近、本土決戦が叫ばれていたこの時期に、いわば昇進の最後のチャンスであった。堤は樋口に対して非常な恩顧を感じていたと思われる。札幌における第五軍司令部の樋口は堤から18日戦闘の前日、占守島守備隊の合同における確認即ち「上陸するソ連軍を攻撃しない。」と報告を受けた。

それに対して樋口は「自衛戦争に移行してソ連軍を攻撃せよ」と厳命した。堤はその命令を受けて軍事的・戦略的に考えて胸中疑念と驚き、そして恐らくは強い逡巡を覚えたがに違いない。会同に於いて全軍に「上陸するソ連軍を攻撃しない」と数時間前に確認し、命じていたばかりであった。占守島守備隊司令官として全軍に数時間前の会同の確認に反した命令「ソ連軍を攻撃せよ」と自分は出来るであろうか。例え命令した場合において、全軍がソ連軍との苛烈な戦闘に突入したとき果たして攻撃し、戦闘になるであろうか。堤は一種板挟みに於かれ、非常な苦衷にさいなまれたであろう。樋口の無謀とも思える命令を再び会同を開いて伝える時間的余裕も残されていなかった。会同のその席で「なぜ終戦の詔勅が伝えられたこの時点で尚戦闘をするのか、しなければならないのか」自分が説得する理由も考えられず、また説明できる自信はなかったであろう。

そこで堤が取った方策は深夜突然の「上陸するソ連軍を撃て」という電話による有無を言わせぬ緊急の命令という手段であった。［Ⅳ終戦3日後の8月18日占守島の戦闘］に詳述したように上陸地点の竹田浜守備隊の村上独立歩兵第282大隊長、加賀谷第1砲兵隊長に命令した。「なぜ合同の確認、命令と正反対の「ソ連軍が上陸したら迎え撃て」と命令が変わった理由、何のために迎え撃つのか分からなかった。」と第1砲兵隊長加賀谷睦は強い疑問を抱いたことを後に記述している。ともかく部下、部隊に電話下命した（戦後防衛省に千島地上作戦聴取資料中に現存する）。

8月18日朝ソ連軍上陸が本格化して激戦となった。10時頃には「これ以上戦闘が長びけば日本軍の損害は増大するばかりである」という戦況に陥った。事実戦いの当初に於いて圧倒的な攻撃力を発揮していた日本軍戦車部隊は隊長以下ほぼ全滅し戦線から離脱してしまっていた。占守島守備隊司令部は停戦交渉申し入れ軍使の派遣を決定した。この司令部の停戦交渉申し入れ軍使派遣の決定が早すぎるのでは、と疑念が湧くのである。そもそも玉砕も辞せず、徹底抗戦が大日本帝国陸軍の戦闘のあり方であった。それを占守島の戦闘が始まった早朝からまだ半日も経ずに、停戦申し入れの軍使派遣を決定したとは、どういうことか。命令した樋口第五方面軍司令官に対して申し開きが出来るのであろうか。部下に対して前日に玉砕も覚悟の戦闘になるやも知れず、その時帝国陸軍の軍人として恥じないように、手紙や写真など私物を残さないように焼却、処分せよとくり返し説得するかのごとく説いていた、その事実からもこのような早急の停戦申し入れは腑に落ちないことである。事実まだ戦闘のさなか停戦申し入れの軍使長島大尉の一行はソ連軍の攻撃、飛び交う銃弾の中「犠牲になった遊軍の仇討ちをしないで停戦するのか」と停戦申し入れの軍使の一行はたびたび日本軍からも行く手を阻まれて、それ以上進むことが出来ず、一行の大部分は引き返さざるを得なかった。長島大尉は「自分一人（通訳と）決死の覚悟でソ連軍陣営に向かった」大日本帝国陸軍が戦闘開始から短時間の内に停戦申し入れをするくらいならば堤は樋口の命令を毅然としてはねのけていたなら約1000名にも上る犠牲・死者は出さずにあった、と堤の小心者が、一種毅然とした態度が出来なかったものかと遺族として誠に悔しい思いである。戦闘の前日即ち16日、関東軍が命令第106号を発令した。「全部隊が戦闘を停止し、武器をソ連軍に引き渡すこと」は堤も知悉していたであろう。堤の短時間の戦闘で停戦申入れは樋口に対してその命令通り自衛戦争に移行して戦った実績を示すねらいであったものか。またここに至って占守島守備隊に戦闘を回避する、犠牲を少なくしようとした堤の思惑が働いた結果戦闘開始後数時間の停戦申し入れとなったのであろうか。いずれにしても愚かな、不条理な戦闘の事実は消えることはない。二人の司令官の愚かな許し難い所業であった、痛恨きわまりない思いである。

Ⅵ　冷静・沈着、的確な処置をした山田乙三関東軍総司令官等幾人かの司令官

他の師団において適切な柔軟な対処をした優れた司令官の存在が判明している。これまで詳述してきた終戦後に非道な無益な師団命令「自衛行動に移行し戦うべし」を下令した第5方面軍樋口季一郎、それを受けて「侵攻上陸するソ連軍を撃て」と命令した占守島守備隊第91師団司令官堤不夾貴中将両人とはまったく対照的な複数の司令官がいたのである。8月15日以降のソ連軍の強大な侵攻軍の前に戦況と部下将兵を考慮して沈着、冷静な対処をした司令官が記録に残っている。関東軍総司令部である。8月15日玉音放送を聞いた後、山田乙三関東軍総司令官、秦彦三郎参謀長以下関東軍総司令部は、いかなる措置をとるかを討議した。山田と秦はすでに状況が救い難いことをよく承知していた。天皇の聖断を受諾する決定を下した。そうして8月16日午後10時関東軍総司令部は命令第106号を発令した。「全部隊が戦闘を停止し武器をソ連軍部隊の隊長に引き渡すこと」こうして無益な戦闘により兵士を喪うことを回避するよう努めた。(「暗闘」下巻p178長谷川毅著）他にも第5師団長仁保少将、小林大佐の取った果断な措置の記録も残されてい

る。

　非道な、不条理な『自衛のための戦闘命令』を下令した司令官とは大きな違いである。祖国のため『北海道を救った自衛戦争』という歪められた戦史、虚偽の美談には何の根拠もないことが判明したのであった。（Ⅲ正反対の見解、に詳述）亡き将兵の霊魂を冒涜するものではないかと義憤すら覚えるのである。戦争は愚かさ、真に愚劣な営為である。

おわりに

「敗戦3日後の占守島の戦闘が祖国のため、北海道を救った自衛戦争」というのは何の根拠もない、戦後に作り上げた虚偽の美談でしかなかった。メディアNHK、ジャーナリスト池上氏、他、多くの著作者、新聞社各紙がこの偽りの戦史の真実を確かめることなく偽りの戦史を喧伝して今日に至っている。嘘を許容する社会は歴史を書き換え、やがて自らの生命や日本の未来までも危うくする。メディアの真髄が問われている。今再びの戦前が現出していることに強い危機感、危惧を覚えずにはいられません。終戦3日後の占守島の戦闘について実に残念な虚しい結論に達しました。戦争の犠牲になった死者の方々、その遺族の皆さんに今更むごい、無益な戦争の犠牲、犬死であった等と冷酷、不条理な事実を突きつけなければならないとは、言うも愚か、痛ましい限りです。この終戦3日後の占守島の戦闘が「軍事的・戦略的になぜ日ソ双方に多大な犠牲を払って戦ったのか大きな疑問がある」と対戦国ソ連の歴史学者ボリス・スラヴィンスキーも指摘していた。「敗戦3日後になぜ戦闘があって最愛の夫、子、父が戦死で帰らぬ人となったのか」と言う深い悲しみ、瞋（いか）りは消えることはありません。

人類社会が国家間の問題を解決する方法として武力による威嚇、武力の行使、即ち戦争という手段を用いない、という理性的なあり方、日本国憲法の目指す平和の理念を目指す時ではありませんか。

そのために核兵器は勿論通常兵器の製造、その移動、輸出を制限する、禁止することが必要です。先進国西側陣営、キリスト教徒の民主主義諸国が兵器の輸出によって莫大な利潤を得て今日の豊かな生活、高い文化、先端科学技術の恩恵受けてきました。今なおヒューマニズムを標榜するこれら先進諸国は実はグローバルサウスへの植民地支配、武器輸出によって利潤を獲得し、地域紛争の種をまき散らした結果、今日も悲惨な難民が絶えない。最近オランダ国王が謝罪した。イギリス王室が同じく謝罪の意志を示すかが注目されている。国連は核兵器と同様、否それ以上に通常兵器の生産、移動、輸出禁止を早急に取り上げて再び国際的軍縮へ向かう必要がある。ちなみに1921年ワシントン会議、日本の首席全権委員加藤友三郎は日本の軍縮に大きくカジを切った。そして次のような非常に含蓄のあることばを残している。「国防備うると同時に、その一方外交手段により戦争を避くることが、目下の時勢に於いて国防の本義なり。」今日も尚善隣友好、外交手段にこそ力を注ぐべきではないか。米中対立が強調されている現在米国高官が次々に訪中、会談「隔たりは大きい」というコメントがあるにせよ外交努力を積み重ねる姿勢に日本の為政者は学ぶべきである。しかるに日本は全方位外交等と称して夫人同伴、或いは原発売り込みを主眼に関連企業関係者を引き連れて政府専用機で飛び回った安倍氏も訪中は出来なかった。
「これまでにない戦略的挑戦、差し迫った脅威」の下、安全保障関連3文書改訂、敵基地攻撃能力の保有、防衛費をこれまでの1・5倍約43兆円に増大。と敵視、脅威を喧伝するばかりである。先の加藤友三郎が説いた「国防の本義、外交手段による戦争を避けること…」とはほど遠い。判断力、真の勇断、良識の欠如をひけらかすばかり。ワシントン・ポストの表紙を飾ったと、はしゃいで〈下から斜交（はすか）いに伺う奇異な表情が実は揶揄（やゆ）されている〉ことに思い至らず。支持率の低下を挽回しようと【聞く全国行脚】を始めたり。あ、あ、あ。実に嘆かわしい。ただただ【総理大臣の椅子に座っていたい】だけなんだ。

今日私達は地球規模で取り組むべき問題が迫っていることを認識し危機感を持って今取り組まなければならないのです。例えば昨年アメリカNASAは宇宙小物体を標的に攻撃し、軌道修正を実現して地球に衝突する危機を回避することに成功した、と発表した。或いは地球温暖化を阻止する取り組みも実は待ったなしの緊急性が迫っていると科学者は警告している。
「テイッピングポイント（取り返しがつかなくなる）I」

しかし私達はその緊急且つ重大さを理解して十分な対策をしていない。洋上風力発電設置が景観を損ねるという地域住民の反対により取りやめになったのは狭量なエゴではないか。私達の予想をはるかに超えるスピードで進んでいる地球の温暖化に重大な影響を与えているメタンガス（温室効果がCO_2の10～20倍ある）の噴出の問題である。北極圏の広大な永久凍土の地下深くに存在するメタンの爆発的噴出の問題である。シベリア、カナダ、アメリカの北極圏の広大な凍土地帯に無数の穴、沼、湖が次々に出現し、そこには不気味な水泡、泡となってメタンが地下深くから絶えず噴出している。昨年、今年と気候変動、危機的状況がテレビの映像に伝えられている。異常乾燥による山火事、大雨による河川の氾濫による都市、住宅の浸水被害、気温上昇が40～50度と人間居住不可地域の出現が、ヨーロッパ、カナダ、アメリカ、オーストラリア、アジア各地に起きている。まさに地球規模の怖ろしい事態が差し迫っている。
『テイッピングポイント（取り返しがつかなくなる）Ⅱ』怖ろしいシミュレーションの結果が公表された。「大西洋の海流循環が止まる。地球規模の気候変動の可能性」デンマーク、コペンハーゲン大学。《海洋の海水は何千年もかけて地球全体を巡り熱を運ぶ。》海水温度上昇の変化がこのまま進めば早ければ2025年遅くとも2095年までにこの大循環が止まる可能性がある、という。その結果熱帯雨林が南へ移動。アフリカやアジアのモンスーンが弱まる。欧州は乾燥する。（最近山火事の多発に恐怖におののいて立ちすくむ人々のニュース）（ネイチャー・コミュニケーションズ2023／7月号掲載）この問題について従来政府間パネル（IPCC）の第6次評価報告書（2021年）では、「海洋大循環が21世紀に止まる可能性は低い」と予測していた。温暖化のスピードが遥かに予想を超えて進んでいる可能性が考えられる。為政者が思想、理想を持たず、判断力もなく、あるいはこの国にどのような将来像、構想もないとあっては実に嘆かわしい事態の積み重ねの毎日である。自身の保身のため、支持率の上下が最大の関心事である故にその場限りのどたばたが国政において演じられている。

《海洋の海水は何千年もかけて地球全体を巡り》と記述したことに関連して、日本が『原発汚染水をこの夏から海洋放出する』ことについて述べる。IAEAの報告書が出たから安全が国際的に承認された。科学的に証明された、と政府は放出を強行しようとしている。果たしてそうであろうか、国際基準に照らして本当に安全か、大いに疑問があると考えます。これから先30年、否、数十年にわたって「汚染水が放出され続けても安全である。という証明は科学的になされてはいないのである。」例えば海苔の養殖一つを例に考えてみると、目に見えないほど微細な胞子から、営々と養殖の作業行程は行われている。いかに汚染水が基準値以下に希釈されていても目に見えない程微細な生き物である胞子が放射物質で汚染された海水の影響を受けないとIAEAも証明していない。水産国日本は海産物、養殖事業が今後さらに重要性を増す。汚染水放出は自縄自縛ではないか、愚策である。ここで筆者、私は驚くような事実を記述しなければならない。それはIAEAが日本政府に報告書を提出した、と放映したNHK・TVニュースの冒頭に「これで（IAEAのこの報告書提出で）汚染水の放出が安全・証明だとは言えない。」というテロップが一瞬ですが流されてすぐ消えたのです。真に奇怪なことですが間違いなく私は見たのです。続いてアナウンサーはそのテロップと全く正反対のニュース、即ち日本政府はこのIAEAの報告書によって『汚染水の海洋放出の安全が国際的に科学的に証明されたのである。』と主張している。反対する隣国の中国、韓国その他の国々に対し、或いは国内世論に対する安全の科学的根拠にしているのです。【メディアの怪】である。識者にこのテロップについて問うと「NHKも中堅は真実を報道する意欲、姿勢をもっているが、上層部が政府よりの報道をする。メディア・NHK、新聞各社等が政府に忖度して国民に真実を報道しない。」歪められた報道を私達国民は意識的に取捨選択して賢い利用につとめなくてはならない。公共放送と称し、視聴料を法律に従って国民から徴収していながらこのような歪んだ報道、経営体質は「嘘を許容して国の将来を誤らせる」ことに進んでいく危険をもたらすのではないでしょうか。

私達人類社会は戦争などしている場合ではないのだ。戦争は人類に対する犯罪である。人を殺し合う、人の生命を奪う、莫大な資源の浪費であり、爆撃によって破壊された復興に取り組まなければならない。地雷原となったウクライナは将来にわたって罪のない人々の生命を奪い悲惨な事故が予想される。戦争をしてはならない、軍備競争に費やす資金・資源・労力・知識技術は共同して地球環境を維持するために、また貧しい人々の食糧確保、生活向上にこそ向けられなければならない。例えば各国が軍事費の2%を拠出し国連が管理する予算に基づいて事業を遂行する。必要に迫られてそのパーセンテージを年々3、4、5%と増加させる。一方で軍事費が各国とも減少させていくことが理想的である。若い世代の就業率が低下し失業率が増大している。AIあるいはロボットの普及、活用は産業界のみならず各方面に於いて人間、労働力削減が進む、と予想されている。国際的海外協力隊を創設して若者が大きな役割を担うチャンスである。若者の正義感、純粋性、優しさが発揮される世界、未来への希望に溢れたある意味で理想郷が一部の富める社会にだけではなく全世界に出現することを願う。その意味でも戦争を再び起こしてはならないと訴え続けます。

戦争の犠牲になった亡き方々の霊魂が私達に強く、切実に訴えています。

参考文献

「占守島手記」赤間武史
「中国戦線従軍記」藤原　彰、大月書店
「暗闘」（上下）長谷川　毅、中公文庫
「千島占領　1945年夏」ボリス・スラヴィンスキー、共同通信社
「北海道を守った占守島の戦い」上原　卓、祥伝社
「8月17日、ソ連軍上陸す」大野　芳、新潮文庫
樋口季一郎「戦史室宛返書・書簡」の回想録巻末p404
「1945年夏　最後の日ソ戦争」中山隆志、中央公論新社